まんじゅうこわい

ランランらくご

斉藤洋・文
高畠純・絵

もくじ

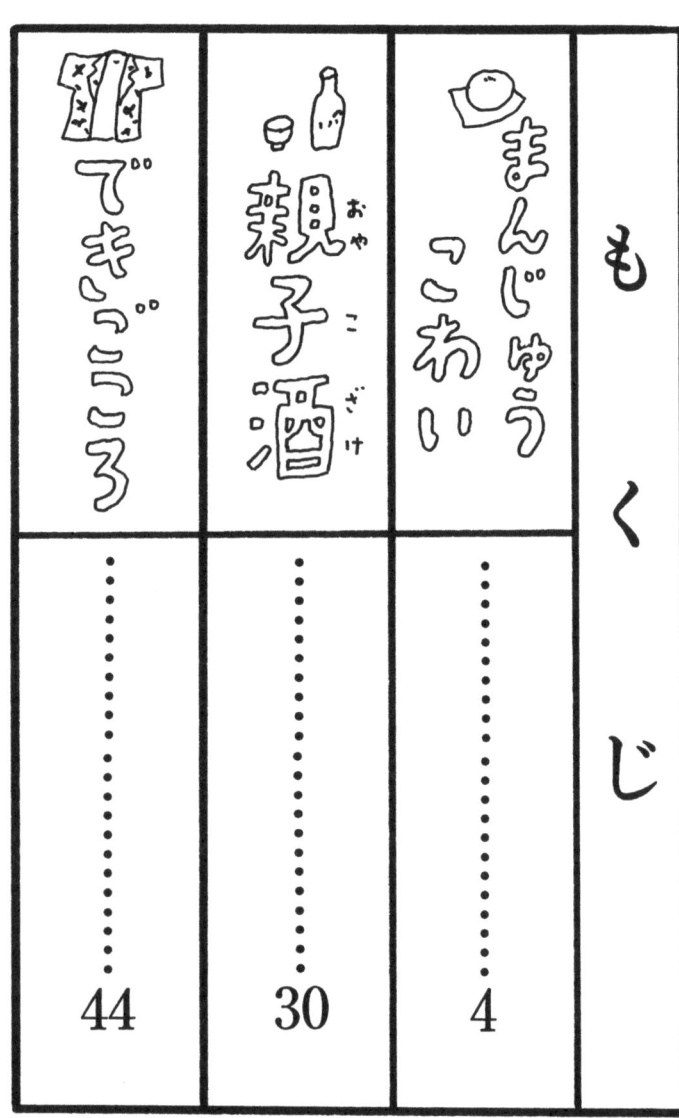

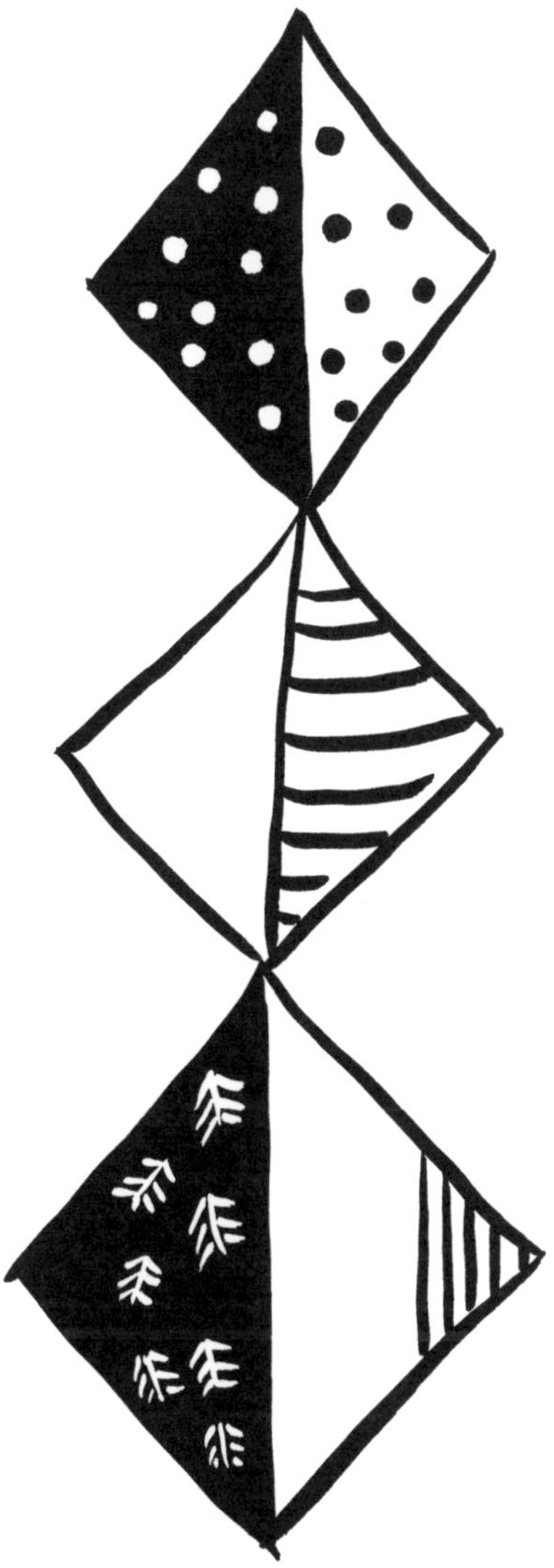

まんじゅうこわい

ここはトメさんのうち。きょうはトランプをしてあそぼうということで、なかまがあつまり、テーブルをかこんでいます。

「シンさん、おそいね。そろそろはじめたいのにね。」

まどから顔《かお》を出《だ》し、トメさんがそういいました。すると、いちばんさきにきていたキンさんが、トメさんのうしろからせのびをし、まどから外《そと》を見《み》て、声《こえ》をあげました。

「あ、きた、きた。ほら、あそこ。こっちに走《はし》ってくるぞ。」
「あ、ほんとだ。きた、きた。だけど、なんだって、うしろをふりかえってるんだ。あ、こっちをむいた。」

トメさんが首《くび》をかしげているうちにも、シンさんはこちらにむかって走《はし》ってきます。やがて、ドアをドンとあけ、シンさんは家《いえ》の中《なか》にかけこんできました。

「どうしたんだよ、シンさん。おそいじゃないか。みんな、もうとっくにきてるんだぜ。」

トメさんがそういうと、シンさんは、息《いき》をきらせながらこたえました。

「す、すまねえ。そ、そこの林《はやし》で、とんだやつに出《で》くわしちまったもんだからよ。それで、通《とお》るに通《とお》れなくて、そいつがいなくなるまで、木《き》のうしろにかくれてたんだ。で、そいつがすうっと林《はやし》の

中《なか》に入《はい》っていったから、いそいで走《はし》ってきた。」

それをきいて、キンさんがよこから口《くち》をはさみました。

「すうっと林《はやし》の中《なか》に入《はい》っていっただって？　ゆうれいでも出《で》たか？」

「ゆうれいだって？　そんなもなぁ、こわくねえよ。もっとこわいものだ。」

むっとした顔《かお》をしたシンさんに、キンさんはいいました。

「じゃあ、なにが出《で》たんだ。」

「へびだよ。へび！　一メートルくらいあるやつ。」

「一メートルだって？　どうまわりがか？」

「ちがうよ、キンさん。どうまわりが一メートルもあったら、そりゃあ、ただのへびじゃなくて、怪物《かいぶつ》へびのうわばみじゃねえか。ああ、おそろしい。そんなものに出《で》あってたら、とっくに気絶《きぜつ》してて、ここにはこれねえ。一メートルっていうのは長《なが》さだ。」

「長《なが》さが一メートルだって？　そんなのふつうのへびじゃねえか。そんなもの、どこがこわいんだ。」

「こわいじゃねえか。足《あし》ににょろにょろまきついてきて、こしからおなか、おなかから、むね。そして、むねから首《くび》っていうふうに、はいあがってきて、こうやって、ぐいぐい首《くび》をしめつけてきたら、どうするんだ。」

シンさんはそういいながら、両手《りょうて》

でじぶんの首《くび》をしめるしぐさをしました。

それを見《み》ながら、キンさんはわらっていいました。

「ばかだな、おまえ。へびなんて、用《よう》もないのに足《あし》にまきついてきて、首《くび》までなんて、はいあがってくるもんか。」

「あ、そんなこといって、どうしてへびがこっちに用《よう》がないってわかるんだ。へびのやつ、だれかの首《くび》をしめたくて、うずうずしてるかもしれねえじゃねえか。」

むきになるシンさんに、キンさんは、

「ほんと、どうかしてるぜ。へびがだれかの首《くび》をしめたくて、うずうずしてるわけないだろ。」

といってから、そっとあたりを見《み》まわし、

「うずうずしてるのは、かえるだ。」

と小声《こごえ》でいいました。

「かえるだって？」

とたずねたのはタケさんです。

「なんだってまた、かえるがうずうずしてるんだよ。」

首《くび》をかしげるタケさんに、キンさんはこたえました。

「そんなのきまってるだろ。かえるってやつはおそろしいぞ。雨《あめ》あがりの岩《いわ》のかげかなんかで待《ま》ちかまえていて、だれかが通《とお》ったら、ピョーンってとびあがり、顔《かお》にへばりつくんだ。そうやって、息《いき》がで

きないようにしてやろうって、そんなふうにたくらんで、うずうずしてるんだ。」

するとタケさんは

「それはちがうね！」

といいきり、ふるえ声《ごえ》でいいたしました。

「岩《いわ》かげで待《ま》ちかまえていて、顔《かお》にへばりつこうとしてるのは、かえるじゃなくて、くもだ。くもが顔《かお》にへばりついたら、一生《いっしょう》はなれてくれないんだぞ。おれは、くものことを考《かんが》えると、こわくて、さむけがしてくる。」

それをきいて、目《め》をまるくしたのは、ほかのみんなより年下《としした》で、せの小《ちい》さいコウさんです。

「えーっ！　だけど、ぼく、かえるとか、くもに、とびつかれたことなんてないよ。かえるやくもが、だれかの顔《かお》にとびついてやろうと思《おも》って、うずうずしてるなんて、しんじられないよ。うずうずしてるのは、ありだからね。」

「ありって？　あの地面《じめん》にいっぱいいるやつのことか？」

そうたずねたのは、へびがこわいといったシンさんです。

シンさんにきかれ、コウさんはぶるっと体《からだ》をふるわせてから、いいました。

「そんなふうに大声《おおごえ》でいっちゃだめだよ。ありにきこえちゃうじゃないか。」

「べつに、きこえたっていいじゃねえか。ありなんて、ことばがわからねえんだからよ。」

「シンさんはそういうけど、それはちがうよ。ありのやつらはこっちのことばがわかるんだ。それにね……。」

コウさんはそこまでいってから、まどから顔《かお》を出《だ》しました。そして、地面《じめん》をながめまわしてから顔《かお》をひっこめて、こういいました。

「ほら、ありって、よくなかまどうしで頭《あたま》をうりうりぶつけあうみたい

にしているだろ。あれ、なにしてるか、知《し》ってる？　ぼくたちの悪口《わるくち》をいってるんだ。あいつら、ふだんから、あっちこっちで、いろんなことをぬすみ見《み》して、なかまにいいふらそうとして、うずうずしてるんだよ。」

そのようすを見《み》て、トメさんは、

「ありなんて、べつにこわくないだろ。ありに悪口《わるくち》をいわれたって、いいじゃないか。」

といい、ふうっとため息《いき》をついてから、いいたしました。

「そんなものより、ほんとうにこわいのは、けむしだ。木《き》の下《した》なんかを歩《ある》いていて、けむしがぽつりと頭《あたま》の上《うえ》におちてきてみろ。指《ゆび》でつまむにつまめず、頭《あたま》をぶんぶんふったって、あいつらしっかりへばりついて、おちようとしないんだからな……。」

ところが、それをきいて、それまでだまっていたクマさんが声《こえ》をはりあげたのです。

「おまえら、いいかげんにしろよ！」

みんなはクマさんをいっせいに見《み》ました。すると、クマさんは立《た》ちあがり、ひとりひとりの顔《かお》をながめわたしてから、いいました。

「なんだ、さっきからだまってきいていれば、へびがこわいだの、かえるがおそろしいのって！　え、それからなんだと？　くもだとか、ありだとか、けむしだとか、そんなもののどこがこわいんだ。へびなんて出《で》てきたら、はちまきがわりに頭《あたま》にまきつけ、ダンスでもしてやりゃあいい。かえるだの、くもだの、ありだの、けむしだの、そんなものは、おやつがわりにペロリだ。かえるはガムみたいだし、くもは糸《いと》がちょっとねばつくけど、あじはさいこうだ。ありはぷちぷちしていて歯《は》ごたえがいい。それから、なんだっけ？　あ、そうそう、けむしだったな。けむしの毛《け》なんて、たいしたことはない。つるりとひとのみさ。おまえら、そんなものをこわがって、はずかしくないのか。」

するとみんないっせいに首《くび》をふり、声《こえ》をそろえて、

「ぜんぜん！　ぜんぜん、はずかしくないね！」

とこたえました。

それから、みんなの中《なか》でいちばん大《おお》きく首《くび》をふったトメさんがクマさんにたずねました。

「じゃあ、クマさん。あんた、こわいものはないのか？」

「えっ？」

とことばをつまらせるクマさん。

すかさずトメさんはクマさんにつめよります。

「あっ！　あるんだな、こわいものが！　それなら白状《はくじょう》しろよ。みんなだって、ひとりひとり、こわいものをいったんだから。」

すると、クマさんは、

「ううん……。こわいものはあるにはあるが、白状《はくじょう》しろといっても、それはちょっと……。」

といって、うつむきました。

「なんだよ、いえないのか。なかまどうしで、じぶんだけこわいものをひみつにしようっていうのは、ずるくないか。」

そういったのは、かえるがこわいキンさんです。

「ずるいっていうけど、おれはそれを口《くち》に出《だ》すだけでもこわいんだ。だから、いえっていわれても、なかなか……。」

「そんなふうにいわれたら、よけい知《し》りたくなるじゃないか。いえよ、いえよ。」

キンさんがしつこくいうと、トメさんもおうえんします。

「そうだよ。いえよ、クマさん。」

クマさんが、

「それならいうけど、じつはおれがこわいのは……。」

というと、みんなは息《いき》をころし、クマさんの顔《かお》を見《み》つめました。

クマさんは声《こえ》をおとして、いいました。

「おれがこわいのは……、じつは……、じつは、まんじゅうなんだ。」

「えーっ？　まんじゅう？　あの、たべものの？」

ありをこわがるコウさんは、目《め》をまんまるにして声《こえ》をあげました。

ほかのみんなもあきれかえった顔《かお》をしています。

トメさんはクマさんにたしかめました。
「まんじゅう？　クマさん、まんじゅうがこわいのかい？」
「そ、そうだよ。だから、そうやって、まんじゅう、まんじゅうっていうなよ。あ、もうだめだ。こわくて、おそろしくて、もうだめだ。あ、あ、たおれる……。」
クマさんはそういうと、うしろにひっくりかえりそうになりました。シンさんとキンさんがふたりでクマさんをだきとめます。そのようすを見《み》て、トメさんがいいました。

「あ、こりゃあ、ほんとうにまんじゅうがこわいんだ。なんだか、気絶《きぜつ》しそうになってるぞ。となりのへやのおれのベッドにねかせよう。」

シンさんとキンさんはクマさんをとなりのへやにはこび、ベッドにねかせました。

そして、もとのへやにもどってくると、シンさんはそっとドアをしめました。

「ありゃ、ほんとうにまんじゅうがこええんだな。」

シンさんがそういうと、トメさんは、

「だったら、けむしをこわがるのをばかにすることはないじゃないか。なんだよ、えらそうに……。」

といいました。それから、きゅうになにかを思《おも》いついたように、両手《りょうて》をぽんとうって、いいました。

「おい、みんな。こりゃあ、おもしろいぞ。まんじゅうを買《か》ってきて、クマのやつのまくらもとにならべるんだ。『まんじゅう』ってきいただけで、あんなふうになるんだ。じっさいに、目《め》のまえにまんじゅうがずらりとならんだら、どんなふうになるか、こりゃあ、見《み》ものだ。」

「そりゃあ、ちょっとかわいそうじゃない？」

といったのは、コウさんだけで、ほかのみんなはすぐにトメさんにさんせいしました。そこでみんなはコウさんにるすばんをさせ、まんじゅうを買《か》いに外《そと》に出《で》ていきました。そして、しばらくすると、まんじゅうをふくろにいっぱいつめて、もどってきたのです。

「おい、クマのやつ、まだねてるか？」

トメさんにきかれ、コウさんは、

「うん。しずかだから、ねてるんじゃないか。」

とこたえました。

「よし……。」

とうなずくと、トメさんはふくろをかかえたまま、となりのへやへいくドアをそっとあけました。

クマさんは頭《あたま》から毛布《もうふ》をかぶっています。

トメさんはベッドにちかづきました。まんじゅうをひとつひとつふくろから出《だ》し、クマさんのまくらもとにならべます。そして、すっかりならべてしまうと、みんなのところにもどりました。

みんな、ドアのところにかたまって、ベッドを見《み》ています。

トメさんは小《ちい》さな声《こえ》でみんなに、

「じゃ、クマのやつをおこすぞ。」

といってから、ベッドにむかって声《こえ》をはりあげました。

「おおい、クマさん。いいかげんにおきろよ。トランプ、はじめようぜ！」

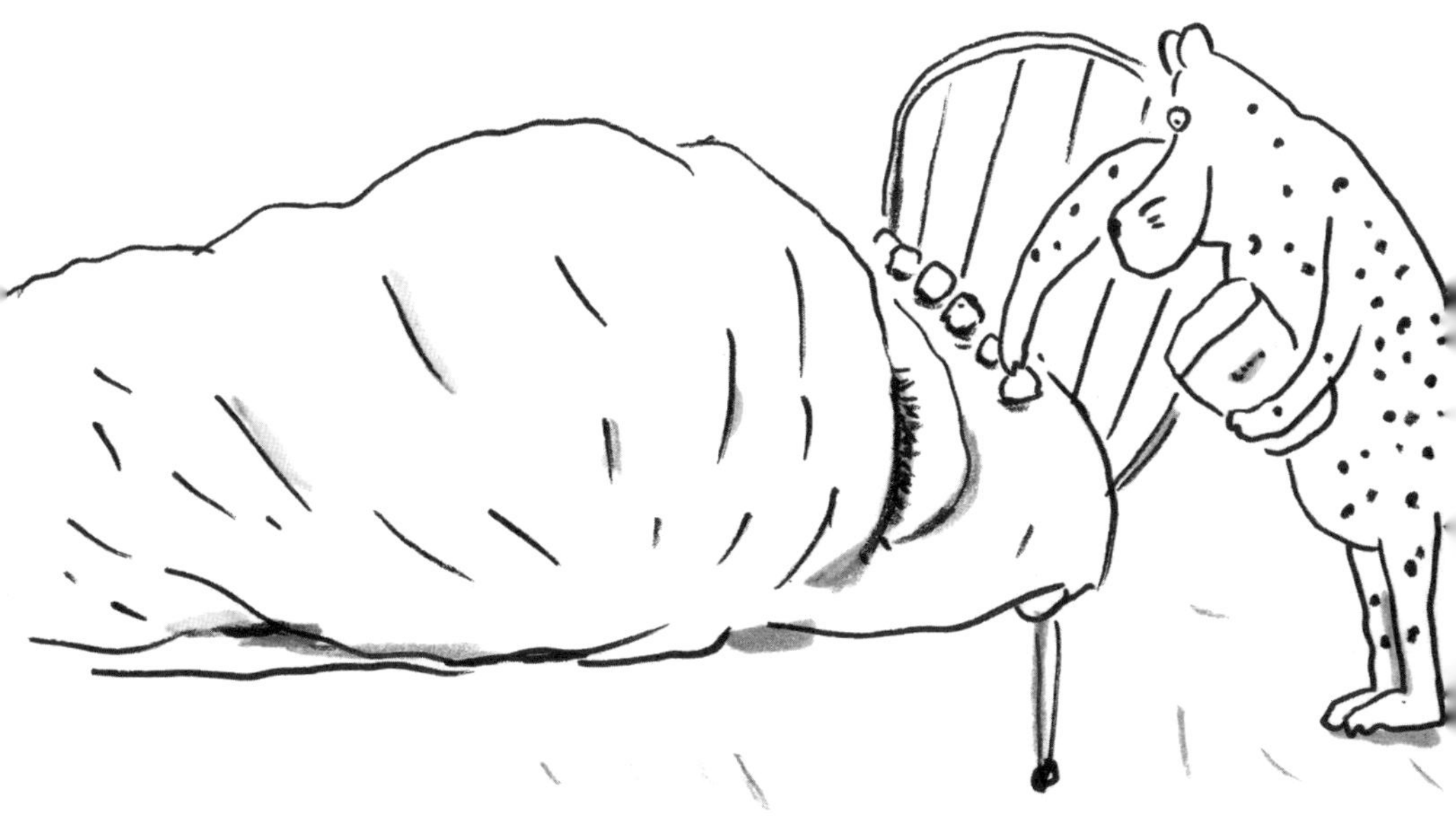

「ううん……。」

うなり声《ごえ》がきこえ、しばらくすると、クマさんが毛布《もうふ》から顔《かお》を出《だ》しました。

みな、ごくりとつばをのみこみました。

「ややや っ!」

まくらもとにまんじゅうがならんでいるのを見《み》て、クマさんは、はねおきました。

「ややや っ! こ、こ、これは、ま、ま、まんじゅう! わーっ、お、おそろしいーっ!」

さけび声《ごえ》をあげたかと思《おも》うと、クマさんはまんじゅうをひとつつかみ、それを口《くち》にほうりこんだのです。

ひとつほうりこむと、またひとつ、そして、もうひとつ……。

口《くち》にほうりこんだまんじゅうを、クマさんはむしゃむしゃたべていきます。

「ううむ、なんちゅう、こわい。まんじゅうは、ほんとにこわい。ああ、こわい。とても見《み》ていられない。見《み》ていられないから、たべるしかない。ううむ、なんちゅう、うまい、じゃなかった、こわい！」

クマさんは口《くち》をもぐもぐさせて、そんなことをいっています。

そのようすを見《み》て、トメさんがクマさんに声《こえ》をかけました。

「おい、クマさん。あんた、まんじゅうなんて、口《くち》に出《だ》すのもこわいって、そういってたじゃないか。」

すると、クマさんは両手《りょうて》にまんじゅうをもったまま、

「いったよ。口《くち》に出《だ》すのもこわいっていった。口《くち》に出《だ》すのがこわいから、口《くち》に入《い》れるんだ。」

と平気《へいき》な顔《かお》でいいかえしてきました。そして、とうとう、まくらものまんじゅうをぜんぶたいらげてしまったのです。

「クマのやつにだまされた。おれたち、いっぱいくったみたいだぞ。」

とトメさんがいうと、クマさんは、

「いや、いっぱいくったのはこっちさ。ああ、おなかがいっぱいだ。」

なんていったのです。

頭《あたま》にきたトメさんは、クマさんにききました。

「まんじゅうがこわいなんて、うそをつきやがって。おい、クマさん、あんた、ほんとうはなにがこわいんだ。」

きかれたクマさんはちょっと考《かんが》えるそぶりを見《み》せてから、こたえました。

「ほんとうはなにがこわいって？　ううむ、こんどはあついお茶《ちゃ》がこわい……。」

親子酒《おやこざけ》

ドンドンドンドン！
夜中《よなか》、だれかがドアをたたいて
います。
「あ、ひとり、かえってきたよ。
ほんとうにしょうがないんだか
らねえ。きっと、またよっぱ
らってるよ。」
おかみさんは立《た》ちあがると、ド
アをあけました。
「おお！　今《いま》、かえったぞーっ！」
へべれけによっぱらっただんな
さんが家《いえ》の中《なか》にたおれこんできま

した。

おかみさんは、

「あーあ……。」

とため息《いき》をついて、
ドアをしめました。

おかみさんはだんなさんをだきおこしながら、

「今《いま》かえったのは、見《み》ればわかりますよ。ほんとうにしょうがないんだから……。」

と、まいどのことながら、あきれ顔《がお》です。

「ああ、よっぱらった。いい気《き》もちだねえ。ういっ。あ、そうだ。水《みず》だ。うちにかえったら、水《みず》をのもうと思《おも》ってたんだ。おまえ、水《みず》をくれ、水《みず》。」

だんなさんにいわれ、おかみさんはコップに水《みず》を入《い》れて、もってきました。ところが、そのコップをだんなさんにさしだすと、

「おおい、ふたつも、もってきたんじゃあ、いっぺんにのめやしない。ひとつでいいんだ、ひとつで。で、ぐーって、のんじゃったら、もう一ぱい、もってくりゃあいい。ま、気《き》がきくのはいいが、はじ

めっからコップをふたつもって
きたんじゃ、どっちからのんで
いいか、わからんじゃないか。」
なんていって、手《て》を出《だ》しました。
でも、うまくコップをつかめませ
ん。
それを見《み》て、おかみさんは、
「あら、いやですね。コップはひ
とつじゃないですか。よっぱ
らって、ひとつのものが、ふた
つに見《み》えるんですよ。ほら、
しっかりしてください。」

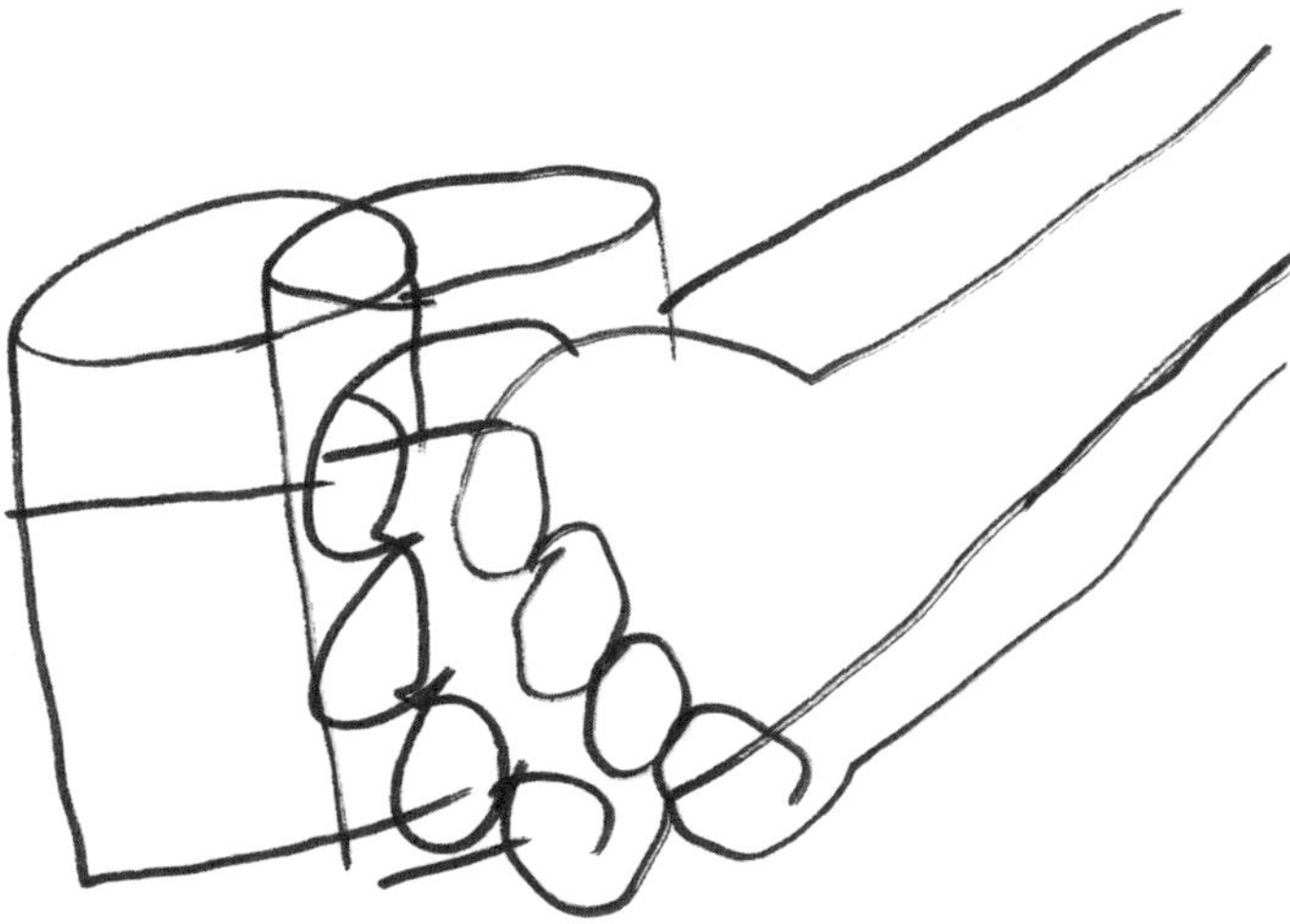

といいながら、だんなさんの手《て》にコップをにぎらせました。

「え、なんだって？　コップはひとつだって。そんなことはないだろう。でも、まあ、いいや。」

だんなさんはそういって、コップの水《みず》をのみほすと、そのコップをおかみさんにかえそうとしました。でも、うでが左右《さゆう》にゆれて、うまくかえせません。

「ほら、ちゃんとうけとってくれよ。あれ？　へんだな。おまえ、いつから右手《みぎて》が二本《ほん》になったんだ。ややや、もう一本《ぽん》ふえた。右《みぎ》手《て》だけで三本《ぼん》。ううん、両手《りょうて》で六本《ぽん》になってるぞ。」

だんなさんはそんなことをいっています。よっぱらって、ものが二重《じゅう》三重《じゅう》に見《み》えるのです。

おかみさんはだんなさんの手《て》からコップをもぎとって、ため息《いき》をつきました。

「ほんとにもう、しょうがないねえ。」

「え、しょうがない？　そうだ。しょうがないっていえば、うちのしょうがないむすこはどうした。」

「まだかえってきませんよ。」

「まだ、かえってないだと？　あいつ、また外《そと》で酒《さけ》をのんでるんだな。まったくもう。酒《さけ》はほどほどにしないといかんって、あれほどいってるのに、しょうがないむすこだ。こんなに夜《よる》おそくまで、外《そと》でのんでいて。今夜《こんや》

という今夜《こんや》は、しっかり説教《せっきょう》してやる。」

だんなさんは、じぶんだってよっぱらっているのに、そんなことをいっています。そこへむすこがかえってきたようです。

ドンドンドンドン！

ドアをたたく音《おと》がしました。

おかみさんがドアをあけます。ふらふらした足《あし》で、むすこが立《た》っています。

「あっ。こりゃあ、となりのおばさん。し、しつれいしました。うちをまちがえちゃった。」

むすこがそういって、どこかへいこうとしたところを、おかみさんはひきとめました。

「だれがとなりのおばさんですか。じぶんの母親《ははおや》がわからなくなる

まで、お酒《さけ》をのむなんて！　父親《ちちおや》が父親《ちちおや》なら、むすこもむすこですよ。」

「な、なあんだ。かあさんか。かあさんなら、かあさんだっていってよ。どうしたんだい、こんな夜中《よなか》に、となりのおばさんに変装《へんそう》なんかして。」

「べつに変装《へんそう》なんか、してませんよ。おまえがかってにまちがえたんでしょうが。」

「そ、そうかなあ。ああ、よっぱらった。目《め》がまわるよ、かあさん。」

むすこはそういうと、家《いえ》の中《なか》にたお

れこんできました。ところが、むすこがたおれこんだところには、だんなさんがいましたから、むすこはだんなさん、つまり父《ちち》親《おや》の上《うえ》におおいかぶさってしまいました。

「か、かあさん。ふとんをしいておいてくれるのはありがたいけど、こ、こんなところにしいちゃ、だめだよ。だけど、なんだか、でこぼこするふとんだな。ああ、目《め》がまわる。」

むすこはそんなことをいって、父親《ちちおや》の上《うえ》にのっかったまま、あおむけになりました。

「おい、こら。ふとんじゃない。おれだ、

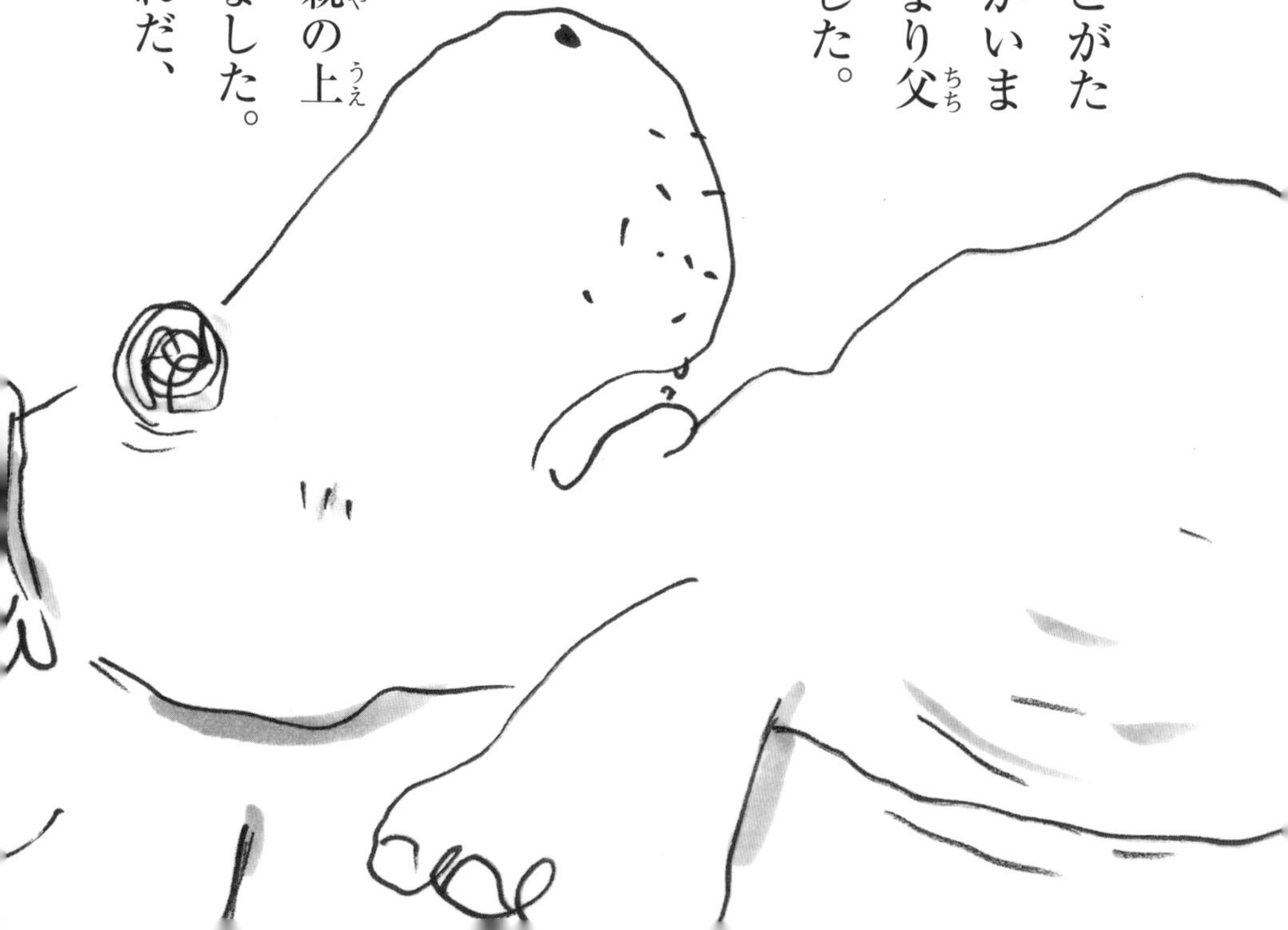

おれだ。どけよ。くるしいじゃないか。」

むすこの下《した》じきになった父親《ちちおや》がうめき声《ごえ》をあげると、むすこは、

「あっ。うちはいつから、おばけやしきになったんだ。ふとんが口《くち》をきくぞ。」

といって、ごろりと父親《ちちおや》の上《うえ》からころがりおりました。

「だれがふとんだ。おやじをふとんとまちがえるなんて、この親《おや》ふこうむすこめ。」

だんなさんはそういいながら、体《からだ》をおこしました。それを見《み》て、むすこは、

「なんだ、とうさんか。なんだって、こん

なところにねてるんだよ。」

といってから、天井《てんじょう》を見《み》あげて、つぶやきました。

「だけど、やっぱりうちはおばけやしきになったんだ。天井《てんじょう》がぐるぐるまわってるぞ。」

おかみさん、つまり、むすこの母親《ははおや》はまたため息《いき》をつきました。

「あーあ。まわりがぐるぐるまわって見《み》えるようになるまで、よくお酒《さけ》をのむものねえ。」

「そうだ、そうだ。まわりがぐるぐるまわって見《み》えるまでのむとは、けしからん。」

だんなさんはそういってから、

「あっ！」

と声《こえ》をあげました。

「どうしたんです、あなた。」

おかみさんに声《こえ》をかけられ、だんなさんはむすこを指《ゆび》さしました。

「こ、こいつ。この家《いえ》をおばけやしきだなんていって、こいつこそ、ばけものだぞ。手《て》が八本《ぽん》もある。やや、十本《ぽん》にふえた。わっ！

顔《かお》も五つあるぞ。こ、こりゃあ、ばけものだ。こんなばけものに、しょうらい、おれのうちはゆずれんぞ。」

すると、むすこはこういいかえしたのでした。
「なんだって、家《いえ》はゆずれないって？　ああ、いいとも。こんなうちはいらないね。こんな、天井《てんじょう》がぐるぐるまわるようなおばけやしきなんて、だれがいるもんか！　とてもすめやしない！」

できごころ

「こんにちは、親分《おやぶん》。あっしをおよびだそうですが、いったいなんの用《よう》です。」

「おお、ちょっと話《はな》したいことがあってな。それでよんだんだ。まあ、ここにあがって、すわれ。」

「へえ……。」

どうやら子分《こぶん》が親分《おやぶん》のうちによばれてきたようですが、いったいこの親分《おやぶん》と子分《こぶん》は何者《なにもの》かというと、じつはどろぼうなのです。

「おまえ。おれの子分《こぶん》になって、

何年《なんねん》になる。」

親分《おやぶん》にきかれ、子分《こぶん》は、

「へえ、かれこれ一年《ねん》になりやす。」

とこたえました。

「そうか、まだ一年《ねん》か……。」

と親分《おやぶん》はつぶやいてから、いいました。

「まだ一年《ねん》なら、おまえ。面《めん》もわれてねえだろうから、足《あし》をあらったらどうだ。」

「面《めん》がわれてないから、足《あし》をあらえですって？」

子分《こぶん》はそういうと、しばらく考《かんが》えてから、こたえました。

「いえ、あっしのうちには、まつりでつかうひょっとこの面《めん》があって、このあいだ買《か》ったばかりですから、まだこわれてもいねえし、

われてもいませんがね。だからって、それと足《あし》をあらうのとは、どういうつながりがあるんで？　いえ、親分《おやぶん》がよんでるっていうんで、失礼《しつれい》があっちゃならねえから、家《いえ》を出《で》るまえに、ちゃんと足《あし》をあらって、きれいにしてきやしたよ。きたねえ足《あし》で親分《おやぶん》のうちにあがっちゃいけねえと思《おも》いやしてね。でも、ここにくるまでに、またちょっとよごれちまいやしたが。」

「おまえ、なにをいってるんだ。面《めん》ったって、まつりにつかう面《めん》のことじゃねえ。『面《めん》がわれてねえ』っていうのは、警察《けいさつ》に顔《かお》がばれてねえってことだ。『足《あし》をあらう』っていうのは、どろぼうをやめるってことだ。」

親分《おやぶん》の説明《せつめい》に、子分《こぶん》は不満《ふまん》そうな顔《かお》をしました。

「なあんだ、そういうことですか。だけど、顔《かお》がばれてねえから、どろぼうをやめろっていうのはへんですぜ。顔《かお》が知《し》られているからやめろっていうんなら、まだ話《はなし》はわかりやすがね。そのぎゃくなんだからなあ。」

すると、親分《おやぶん》はうでぐみをして、子分《こぶん》にいいました。

「まあ、そりゃあそうなんだが、しかし、おれが見《み》たところ、どうやらおまえはどろぼうに、むいてないんじゃないかと思《おも》うんだ。」

「えっ？　そりゃまた、どうして？」

「だって、おまえ。じゃあ、きくが、いったいおまえはおれの子分《こぶん》になってから、どこかにどろぼうに、入《はい》ったことがあるか。」

「もちろんですよ、親分《おやぶん》。」

子分《こぶん》は大《おお》きくうなずいてから、いいました。

「このあいだ、ものすごく広《ひろ》い庭《にわ》のあるところに入《はい》りやした。」

「ほう？　そりゃあ、どんなところだ。」

「どんなところって、りっぱな庭《にわ》でしたよ。テニスコートもプールもありやしたからね。」

「へえ、そりゃあごうかだな。じゃあ、建物《たてもの》もたいしたもんだったろう。」

「ところが、建物《たてもの》はそうでもなかったんで。」

「そうでもないって？」

「へえ。ちっぽけなやつが一けん、たってやした。表札《ひょうさつ》はばかにでかかったんですけどね。」

「ふうん。で、表札《ひょうさつ》に、なんて書《か》いてあったんだ。」

「〈管理事務所《かんりじむしょ》〉って、そう書《か》いてありやした。」

「管理事務所《かんりじむしょ》？　なんだ、そりゃあ？」

「へえ。あっしもなんだと思《おも》って、そこにいたやつにきいたんです。そしたら、そこは公園《こうえん》だったんでやすよ。どうりで、テニスコートやプールがあるはずだ。おもわずあっしは大《おお》わらいしちゃいやした。」

「ばか！」

と親分《おやぶん》はどなってから、

「だいたいおまえのような新米《しんまい》がそんな大物《おおもの》をねらうから、そういうことになるんだ。もっと、こぢんまりしていて、戸《と》じまりがちゃんとしてねえような家《いえ》をねらったほうがいい。」

といいました。すると、子分《こぶん》はうなずきました。

「あっしもそう思《おも》いやして、そのつぎには、げんかんのドアがあきっぱなしの小《ちい》さな家《いえ》に入《はい》りやした。」

「ふうん。それで、どうだった？　なにか、うまくぬすめたか。」

「いいえ、それがだめだったんでさあ。」

「だめだった？　どうして？」

「すぐにおまわりさんに見《み》つかっちまいやしてね。すっとんでにげてきやした。」

「そのうちのやつが警察《けいさつ》に電話《でんわ》でもしたのかな。」

「いえ、ちがうんで。はじめから、おまわりさんがいたんでやすよ。」

「そんなこたぁねえだろう。どろぼうが入《はい》るって、わかっていたわけでもあるめえし、はなから警察《けいさつ》がきてるわけがねえ。」

「それがきてたんですよ。なぜって、あっしが入《はい》った小《ちい》さな、戸《と》じまりがしてねえ家《いえ》っていうのは、交番《こうばん》だったんで。そのときもまた、大《おお》わらいでさあ。」

子分《こぶん》はそういってから、声《こえ》をたてて、

「ははは……。」

とわらいました。すると、親分《おやぶん》は、

「ばかやろう。そうやって、一生《いっしょう》わらってやがれ。」

といってから、

「とにかく、きょう中《じゅう》に、どこでもいいから、一けん、どろぼうに入《はい》って、なにかをぬすんでこい。さもなきゃ、もうどろぼうはくびだ！」

と子分《こぶん》をどなりつけました。

「わかりやした。じゃあ、いってめえりやす。」

といって、出《で》ていこうとする子分《こぶん》を親分《おやぶん》はひきとめました。

「ちょっと待《ま》て。入《はい》るなら、だれもいないうちがいい。つまりあきすねらいってやつだ。」

「だれもいないって、それ、どうやってしらべるんです?」

「そりゃあ、かんたんだ。げんかんで、『ごめんください。』って声《こえ》をかけるんだ。へんじがなけりゃあ、だれもいないってこった。へんじがあったら、人《ひと》がいるってことだから、てきとうにごまかしてにげてくればいい。」

「てきとうにごまかすっておっしゃいやすと?」

「だからさ。いいかげんな名《な》まえをいって、『ここは、なにさんのおたくですか。』ってきくんだ。」

「わかりやした。『ここは、なにさ、なになにさんのおたくですか。』ってききゃあいいんですね。」

「そうだが、『なになにさん』っていったって、そこはてきとうに名《な》まえを入《い》れるんだぞ。」

「あ、やっぱりそうか。『なになにさん』なんていう人《ひと》はいませんからね。それで、どんな名《な》まえがいいんです？」

「あんまりありそうな名《な》まえはまずい。たとえば、『ここは山田《やまだ》さんですか。』なんてきいて、ほんとうにそこが山田《やまだ》さんだったらどうするんだ。『まちがえ

ました。ごめんなさい。』って、いえないだろう。」

「わかりやした。じゃあ、あんまりありそうじゃない名《な》まえがいいんでやすね。じゃあ、やっぱり、なになにさんがいいかな。」

「なになにさんは、だめだ。ほかのにしろ。それから、もしつかまったら、『すいません。できごころなんです。』って、あやまるんだ。そうすれば、ゆるしてもらえるかもしれないからな。ついでに、『病気《びょうき》の親《おや》に、おいしいものをたべさせたかったんです。』とかなんとか、作《つく》り話《ばなし》でもすりゃあ、なおいい。」

「なるほど、病気《びょうき》の親《おや》ねえ。ところで、できごころってなんです？　おできのなかまですかい。」

「そうじゃない。できごころでやったってのは、もののはずみでやったっていうことだ。計画的《けいかくてき》にやったんじゃなくて、ついふらふらと、なんとなくやってしまったってことにするんだ。そのほうがゆるしてもらいやすいんだ。」

「へえ、そんなもんでやすかね。」

「そんなもんだ。できごころじゃしかたがねえって、ゆるしてくれたうえに、かわいそうに思《おも》って、金《かね》をめぐんでくれるかもしれねえな。」

「わかりやした。じゃあ、ぬすんだものを入《い》れる、かばんかなんかをかしてください。」

「それもついでにぬすむんだ。」

「あ、なるほど。そいつはいい考《かんが》えだ。さすがに親分《おやぶん》だ。」

といって、どろぼうの子分《こぶん》は意気揚々《いきようよう》と出《で》ていきました。

しばらくいくと、ドアがあきっぱなしになっている家《いえ》がありまし

た。どろぼうは、あいたドアから中《なか》をのぞいて、声《こえ》をかけました。

「ごめんください。」

へんじがありません。どろぼうはもう一度《いちど》声《こえ》をかけます。

「ごめんください。」

やはりへんじがありません。

「しめた。だれもいないみたいだぞ。」

どろぼうはひとりごとをいうと、家《いえ》の中《なか》に入《はい》りました。ですが、入《はい》ると同時《どうじ》にどろぼうはがっかりして、またひとりごとをいいました。

「ああ、だめだ、こりゃあ。おれが入《はい》るまえに、だれかがどろぼうに入《はい》ったみたいだ。なにもありゃしねえ。」

すると、ドアの外《そと》から声《こえ》がきこえました。

「中《なか》にだれかいるのかい。」

どろぼうはぎょっとしてふりかえりました。すると、ドアのところに男《おとこ》がひとり立《た》っています。

男《おとこ》はどろぼうにいいました。

「あんた、家《いえ》を見《み》にきたのかい?」

「いえ、はあ、まあ、その……。」

どろぼうがしどろもどろになっていると、男《おとこ》は、

「わたしはとなりにすんでいる者《もの》だが、このうちのもちぬしにたのまれてるんだ。家《いえ》を見《み》にきた人《ひと》がいたら、説明《せつめい》してくれってね。この家《いえ》の家賃《やちん》は……。」

と話《はな》しはじめました。どうやら、家《いえ》は貸家《かしや》で、今《いま》、

あき家《や》になっているようです。

「いえ、いいんです。」

どろぼうはそういうと、そそくさと家《いえ》を出《で》ました。

それから、どろぼうは、

「いや、まいったね。あき家《や》じゃしょうがねえ。あき家《や》にあきすに入《はい》ったって、とるものなんかねえからな。」

とかなんとか、ぶつぶついいながら歩《ある》いていきました。

するとまた、ドアがあいている家《いえ》がありました。ちょっとのぞくと、たんすが見《み》えます。こんどはあき家《や》ではないようです。

「ごめんください。」

どろぼうは中《なか》にむかって、声《こえ》をかけました。

「はい、どなたさんで?」

こんどはへんじがありました。

「ありゃ、人《ひと》がいる。だめだ、こりゃ。」

どろぼうはそういって、にげだそうとしましたが、そのときにはもう中《なか》から男《おとこ》がひとり出《で》てきていました。

「なにかご用《よう》ですか？」

そうたずねられたどろぼうは、親分《おやぶん》にいわれたことを思《おも》いだし、ありそうもない名《な》まえをとっさに考《かんが》えて、たずねました。

「あの……。こちらは、ぼんくらさんのおたくですか？」

「いえ、ちがいますよ。」

というへんじがかえってくるものとばかり思《おも》ったら、男《おとこ》は、

「はい。そうです。なにか用《よう》ですか？」

といったのです。

「えーっ！　ぼんくら？　ほんとに、ぼんくらさんっていうんですか、あなたは？」

おかしな名《な》まえにびっくりして、どろぼうがたずねると、男《おとこ》はドアのよこの表札《ひょうさつ》を指《ゆび》さして、いいました。

「そうですよ。ほら、ここに名《な》まえがかいてあるでしょ。」

なるほど表札《ひょうさつ》には、〈盆倉《ぼんくら》〉とかいてあります。

「へえ、こんな名《な》まえがほんとうにあるんですね。」

どろぼうは思《おも》わずそういってしまいました。

「だって、あなた。うちをさがしてたんでしょ。」

どろぼうは、はっとして、

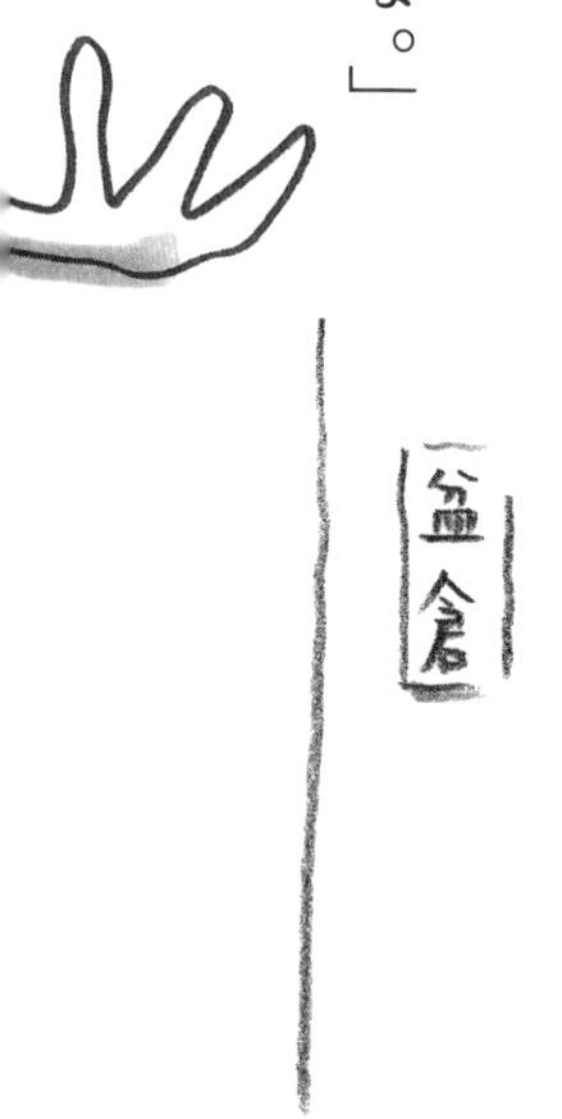

「あっ、そうでした。
でも、まちがいだった
みたいです。わたしがさがしている
ぼんくらさんっていうのは、あなた
じゃなくて、もっと、ハンサムなん
です。」
といいました。
「なんですって？　あんた、何者《なにもの》です。へんな人《ひと》だね。」
男《おとこ》にそういわれ、どろぼうは、
「すみません。とにかくまちがえました。」
といって、すたこらにげだしました。
「いやはや、おどろいたね。〈ぼんくら〉なんていう名《な》まえが、ほ

んとうにあるんだなあ。」

どろぼうはそんなことをいいながら、うら通《どお》りに入《はい》ってきました。すると、一けんの小《ちい》さな家《いえ》があり、垣根《かきね》のむこうにアロハシャツがほしてあります。

シャツがほしてあるということは、あき家《や》ではないということです。

どろぼうは垣根《かきね》をのりこえ、庭《にわ》に入《はい》りました。あけっぱなしになっているまどから家《いえ》の中《なか》をのぞくと、だれもいません。そこでどろぼうはまず、せんたくひもからアロハシャツをはずし、それをはおってみました。だいぶ古《ふる》くなってくたびれてはいますが、サイズはどろぼうにぴったりです。

それから、どろぼうはまどから家《いえ》の中《なか》に入《はい》りました。ところが、家《いえ》の中《なか》には、なにもありません。

「あれ？　やっぱり、あき家《や》だったのかな？」

どろぼうがひとりごとをいって、首《くび》をかしげたとき……。

コトコト、コトコトコト……。

物音《ものおと》がとなりのへやからきこえてきました。見《み》れば、となりのへやは台所《だいどころ》のようです。どろぼうが台所《だいどころ》に入《はい》ってみると、なべが火《ひ》にかかっていて、なにかがコトコトにえていました。

なべの中《なか》をのぞくと、シチューのようです。でも、そばにあった大《おお》きなスプーンでかきまわしてみると、ジャガイモしか入《はい》っていません。

「なんだ、しけたシチューだな。」

とどろぼうがつぶやいたとき、ドタンとドアのあく音《おと》がきこえました。

どろぼうはうら口《ぐち》をさがしましたが、そんなものはありません。ところが、ふと足《あし》もとに目《め》をやると、床板《ゆかいた》がはんぶん、はずれています。どうやら、この家《いえ》では床下《ゆかした》にやさいをしまっているようで、のぞいてみると、しなびたジャガイモがいくつかころがっています。どろぼうは、床板《ゆかいた》をどかし、えんの下《した》にもぐりこむと、下《した》からそっと床板《ゆかいた》をもとどおりにしました。

どろぼうが耳《みみ》をすましていると、しばらくして、男《おとこ》の声《こえ》がきこえました。

「ややや っ！　床《ゆか》が足《あし》あとでよごれている……。あーっ、ほしておいたアロハシャツがなくなっている！　ど、ど、どろぼうだーっ！」

それから、足音《あしおと》が台所《だいどころ》のほうにちかづいてくると、

「よかった。シチューはぶじだった。」

という声《こえ》がしてから、こんなふうにひとりごとをいっているのがきこえました。

「待《ま》てよ。こりゃあ、ちょうどいい。たまっている家賃《やちん》をはらわない、いいわけができたぞ。よしよし……。」

それから、台所《だいどころ》から出《で》ていく足音《あしおと》がして、こんどはどこかにむかって大声《おおごえ》でさけんでいる声《こえ》がきこえました。

「おおい、大家《おおや》さーん！　たいへんだーっ。うちにどろぼうが入《はい》り

ましたーっ！」

しばらくすると、

「なんだ、なんだ。」

という声《こえ》がきこえ、だれかが家《いえ》の中《なか》に入《はい》ってくる足音《あしおと》がしました。どうやら、大家《おおや》のようです。

どろぼうが耳《みみ》をすましていると、ふたりは話《はなし》をはじめました。

「大家《おおや》さん。たいへんなんです。どろぼうが入《はい》ったんです。」

「なんだって、どろぼうが入《はい》った？　それで、いったいなにをぬすまれたんだ。」

「ええ。じつは半年分《はんとしぶん》ためてしまった家賃《やちん》をはらおうと思《おも》って、ここにあった金庫《きんこ》にお金《かね》を入《い》れておいたんですよ。」

「なんだって？　いくら入《い》れておいたんだ。」

「ですから、家賃《やちん》の半年分《はんとしぶん》です。」

「そりゃあ、たいへんだ。それで、ほかにはどうだ。なにかぬすまれたか？」

「ええと……。あっ、ここにあったたんすがなくなってます。」

「なに？　たんすだって？　中《なか》にはなにが入《はい》っていたんだ。」

「いろいろなふくですよ。」

「いろいろじゃわからん。たとえばどんなふくだ。」

「はあ……。ええと……、高《たか》いふくです。ボタンなんか、金《きん》でできていましたからね。ぜんぶで五十ちゃくくらい、入《はい》っていたかな。」

「五十ちゃくのふくが入《はい》ったたんすだな。で、ほかにはどうだ。ほかにもなにかぬすまれてないか。」
「ちょっと待《ま》ってください。ええと……。あ、テレビと、せんたくきと、ステレオと、ええと、それから……、テーブルと四つのいすもなくなってるな。それからっと……。台所《だいどころ》にあったスリードアのれいぞうこもなくなってるし、ここにおいておいたメロンとパイナップルもぬすまれてます。」
「なんだって、メロンとパイナップル？

いくつあったんだ。」

「ええと……。メロンが二百《ひゃっ》こに、パイナップルが五百《ひゃっ》こです。」

「また、ずいぶんたくさんだな。」

「まだ、ぬすまれたものがあります。買《か》ったばかりのマッサージいすと、せんぷうきと、こたつと、ストーブと、それから、本《ほん》だなもなくなってます。もちろん、本《ほん》だなにあった本《ほん》もです。」

「本《ほん》もか？　なんさつくらいあったんだ。」

「ええ、かれこれ千《せん》さつくらいだったでしょうか。」

「ずいぶんたくさん本《ほん》があったんだな。それから、あとは？」

「あとは……。ええと……、ええと……。せんぷうき……。」

「そりゃあ、もういった。」

「じゃあ、テレビ……。」

「それもいった。」

「それなら、エアコン！　エアコンはまだいってませんよ。」

「たしかに、エアコンはまだいってなかったな。」

「それに、電気《でんき》ジャー、さらあらいきと、それに食器《しょっき》だなもです。」

「なるほど。」

「あ、まだあった。ベッドです、ベッド！　しかも、でっかいダブルベッドがなくなっています。」

それに、ええと、ええと……。いや、もう思《おも》いつきません。」

「なんだって、思《おも》いつかない？　〈思《おも》いだせない〉のまちがいじゃないか。」

「そうそう、思《おも》いだせません、もう。もしかしたら、もっとあったかもしれません。でも、これだけたくさんのものがなくなって、また買《か》いそろえるとなると、いくらお金《かね》がかかるか、わかりません。そこで、大家《おおや》さん。おねがいがあるんです。たまった家賃《やちん》半年分《はんとしぶん》と、これからさきの半年分《はんとしぶん》の家賃《やちん》を、しばらく待《ま》っていただけませんか。」

「ううむ。一年分《ねんぶん》の家賃《やちん》ってことになるなあ。まあ、しかたがない。待《ま》ってやろう……。」

とそこまで大家《おおや》がいったとき、とうとうどろぼうは頭《あたま》にきて、台《だい》所《どころ》の床下《ゆかした》から顔《かお》を出《だ》すと、大声《おおごえ》でさけびました。

「おい、こら！　うそもたいがいにしろ！」

それから、どろぼうはふたりのそばにいって、まくしたてました。

「半年分《はんとしぶん》の家賃《やちん》が入《はい》った金庫《きんこ》だと？　それに、五十ちゃくのふくが入《はい》ったたんすに、テレビに、せんたくきに、ステレオっていってたな。あと、テーブルにいす四つに、れいぞうこに、メロン二百《ひゃっ》こに、パイナップルが五百《ひゃっ》こだと？　マッサージいすに、せんぷうきに、こたつに、ストーブ。本《ほん》が千《せん》さつ入《はい》った本《ほん》だなだと？　それから、エアコン、電気《でんき》ジャー、さらあらいき、食器《しょっき》だな、それに、ダブルベッドっていってたな。おい、今《いま》いったものがぜんぶ、このせまい家《いえ》に入《はい》るかどうか、考《かんが》えてみやがれ、この大《おお》うそつきやろう！　うそつきはどろぼうのはじまりっていうんだぞ！」

どろぼうがそこまでいうと、ふたりのうちの、どうやら大家《おおや》らしい年上《としうえ》の男《おとこ》がどろぼうにたずねました。

「あんた、へんなところから出《で》てきたけど、だれだね？」

「あーっ！　こいつ、おれのアロハシャツ、きてる。大家《おおや》さん、どろぼうはこいつですよ。」

もうひとりがそういったとき、ようやくどろぼうは、しまった、と思《おも》いました。でも、こうなったら、しかたがありません。親分《おやぶん》にならったことをいうしかありません。

「す、すみません。じつは、できごころでして。あっしはアロハシャツしかぬすんでおりやせん。じつは、病気《びょうき》の親《おや》にこのアロハシャツをたべさせたくて、じゃなかった、このアロハシャツをきせたくて……。あれ、どこかちがうな。とにかく、できごころでやったんで……。そんなわけですから、ゆるしてくれたうえに、あなた、かわいそうだと思《おも》って、あっしにお金《かね》をくれやすか?」

「なにをばかなことをいってるんだ、あんたは。だが、見《み》れば、ほんとうにアロハシャツしかぬすんでいないようだし、できごころだっていうなら、警察《けいさつ》につきだすのはやめてやってもいい。だが、あんたがアロハシャツしかぬすんでいないとなると……。」

大家《おおや》はそこまでいうと、あたりを見《み》まわしました。

「おや、ハチ公《こう》のやつ、どこにいったんだ。あいつ、どろぼうにぬすまれたことにして、一年分《ねんぶん》も家賃《やちん》をはらわない気《き》でいたんだな。」

「へえ、さっきまでここにいたのはハチ公《こう》っていうんで？　それなら、今《いま》、そうっとえんの下《した》にかくれましたよ。」

それをきくと、大家《おおや》は台所《だいどころ》へいき、床板《ゆかいた》をどかしました。

「こらっ！　ハチ公《こう》。こんなところにかくれやがって！　おまえ、家賃《やちん》を一年分《ねんぶん》、ごまかそうとしたな。」

すると、ハチ公《こう》はゆか下《した》から顔《かお》を出《だ》して、いいました。

「すみません、
大家《おおや》さん。
うそは、ほんの
できごころで……。」

文　斉藤　洋（さいとう　ひろし）
一九五二年、東京に生まれる。現在、亜細亜大学教授。「ルドルフとイッパイアッテナ」（講談社）で第二七回講談社児童文学新人賞受賞。「ルドルフともだちひとりだち」（講談社）で第二六回野間児童文芸新人賞受賞。路傍の石幼少年文学賞受賞。「ベンガル虎の少年は……」『なん者・にん者・ぬん者』シリーズ、『ナツカのおばけ事件簿』シリーズ（以上あかね書房）など作品多数。

絵　高畠　純（たかばたけ　じゅん）
一九四八年、名古屋に生まれる。現在、東海女子大学教授。「だれのじてんしゃ」（フレーベル館）でボローニャ国際児童図書展グラフィック賞受賞。「オー・スッパ」（講談社）で第九回日本絵本賞受賞。絵本の作品に『だじゃれ』シリーズ（絵本館）、「あら、ぶうこちゃん」（BL出版）ほか、挿画の作品に『ジョンはかせとゆかいなどうぶつたち』シリーズ（あかね書房）ほか多数がある。

ランランらくご・1
まんじゅうこわい

発行　二〇〇四年　五月　初版発行
　　　二〇〇八年　一月　第八刷
文　　斉藤　洋
絵　　高畠　純
発行者　岡本雅晴
発行所　株式会社あかね書房
　　　東京都千代田区西神田三-二-一
　　　〒一〇一-〇〇六五
　　　電話　〇三-三二六三-〇六四一(代)
印刷所　錦明印刷株式会社
製本所　株式会社難波製本

NDC913／79P／23cm
ISBN978-4-251-04201-9